van Gool
Klassiker der Kinderliteratur

Die Schatzinsel

ERSTES KAPITEL

Der alte Seebär

Schon seit Tagen starrte der Seemann von den Klippen hinab aufs Meer. Wonach hielt er Ausschau? Wartete er auf jemanden? Er erkundigte sich jedenfalls täglich bei uns im Gasthaus, ob Seeleute vorbeigekommen seien.

Er war schon ein merkwürdiger Gast, der düstere Kerl mit der tiefen Narbe über der Nase und dem ungehobelten Betragen. Eines Tages war er mit seiner Seemannskiste bei uns aufgetaucht, und seither verlangte er jeden Abend, wenn er von seinem Beobachtungsposten zurückkam, mit donnernder Stimme nach Rum und erzählte die schaurigsten Seeräubergeschichten.

Eines Morgens erschien ein Fremder und fragte nach Bill.

Ich sagte ihm, daß unser einziger Gast der sei, den wir den Kapitän nannten.

»Das wird er wohl sein«, erwiderte der Fremde. »Hat er eine Narbe im Gesicht?«
Als ich dies bejahte, ließ er sich nieder und sagte: »Ich warte hier auf ihn, er wird sich freuen, mich zu sehen.«

Der Kapitän machte bei seiner Rückkehr jedoch keinen frohen Eindruck. »Der Schwarze Hund!« rief er beim Eintreten. »Was willst du hier?« Die beiden Männer schlossen sich ein. Lange hörte ich nur Gemurmel und Gläserklirren, dann erhob sich ein gewaltiger Lärm, und der Schwarze Hund stürmte unter Schmerzgeheul davon. Der Kapitän setzte zur Verfolgung an, brach aber gleich zusammen und fiel nieder, als sei er tot.

Doktor Livesey, unser Arzt, konnte dem Kapitän noch einmal das Leben retten, verbot ihm aber das Trinken aufs strengste. Ein zweckloses Verbot! Eines Abends sprach der Kapitän im Vollrausch vom alten Kapitän Flint, von einem schwarzen Fleck und von der Seekiste, aber ich schenkte seinen wirren Reden keine Aufmerksamkeit.

Einige Zeit später erschien ein blinder Bettler in einem alten, zerlumpten Umhang vor unserer Tür. Er hatte ein abstoßendes Gesicht und wollte ebenfalls zu Bill. Er steckte ihm wortlos ein Papier zu und verschwand. Das Papier war an einer Stelle geschwärzt.

»Der schwarze Fleck«, murmelte der Kapitän erschrocken und stürzte tot zu Boden. Auf der Rückseite des Zettels stand: »Bis zehn Uhr hast du Zeit!«

Welch ein Unglück! Der Kapitän tot, die Rechnung nicht beglichen und nun diese Drohung! In unserer Verzweiflung durchstöberten wir die Seekiste des Kapitäns.

In der Kiste lagen gut versteckt einige Goldstücke und ein versiegelter Umschlag. Als meine Mutter die Schuldsumme abzuzählen begann, hörten wir draußen Schritte. Ich schnappte mir den Umschlag und lief mit meiner Mutter aus dem Haus.

Wir hatten gerade noch Zeit, uns unter einer Brücke zu verstecken...

Sie waren zu viert oder zu fünft. Im Schein ihrer Laternen konnten wir sehen, wie sie ins Haus drangen. Kurze Zeit später kamen sie wieder heraus, und ich hörte den Blinden schreien: »Verfluchter Lausebengel! Er ist uns zuvorgekommen! Er hat Flints Papiere! Sucht ihn, er kann nicht weit sein!«

Meine Mutter und ich waren halb ohnmächtig vor Angst, als wir einen gellenden Pfiff und Hufgetrappel hörten. Die Zollbeamten auf der Suche nach Schmugglern kamen uns zu Hilfe. Wir waren gerettet! Die ganze Bande ergriff die Flucht. Den Blinden ließen sie hilflos zurück. Er wurde in dem Tumult von Pferdehufen totgetrampelt. Wir dankten den Zollbeamten und einen bat ich, mich zu Doktor Livesey zu bringen.

Ich fand Doktor Livesey bei Lord Trelawney, dem Gutsherrn. Sie saßen beisammen und rauchten Pfeife. Ich berichtete, was passiert war, und sie hörten mir sehr gespannt zu, denn sie hatten vom alten Piraten Flint und seinem sagenhaften Schatz, den niemand je gefunden hatte, schon gehört. Voller Ungeduld erbrachen sie das Siegel, und hervor kam eine ungeschickt gezeichnete Karte. Man erkannte darauf eine Insel, Markierungen, Kreuze und daneben den Hinweis: »Hier liegt der Hauptteil des Schatzes.«

»Flints Schatz, wir müssen ihn holen!« sagte Lord Trelawney und beschloß, unverzüglich in Bristol ein Schiff samt Besatzung zu chartern. Livesey sollte als Schiffsarzt mit von der Partie sein und ich als Schiffsjunge.

ZWEITES KAPITEL

Die Reise

Einige Wochen später traf ich mit Doktor Livesey in Bristol ein. Unser Schiff lag am Kai. Es hieß Hispaniola und sein Kapitän Smollett. Mit dem Anheuern der Besatzung hatte Lord Trelawney einen seltsamen Menschen beauftragt, der sich Long John Silver nannte. Er hatte nur ein Bein, bewegte sich aber mit einem Holzbein und einer Krücke äußerst geschickt. Er betrieb eine Schenke im Hafen und machte einen ehrlichen Eindruck.

Eines Tages schickte mich der Doktor mit einer Nachricht in Silvers Schenke. »Du bist also der Schiffsjunge«, empfing er mich. »Es freut mich, dich kennenzulernen.« Bei diesen Worten erhob sich ein Gast in großer Hast. Ich erkannte ihn sofort wieder und rief: »Das ist der Schwarze Hund!«

»Wer soll das gewesen sein?« fragte mich Long John Silver, aber ich hatte Verdacht geschöpft. Erst als der Einbeinige selbst an Bord den Vorfall berichtete, war ich beruhigt. Noch am selben Tag liefen wir aus. Kapitän Smollett blieb der Mannschaft gegenüber mißtrauisch. Er ließ Pulver und Waffen in der Nähe der Kabinen von Doktor Livesey und Lord Trelawney verstauen, um im Falle einer Meuterei gerüstet zu sein.

»Sir, Sie haben zu oft von dem Schatz gesprochen«, sagte er zu Lord Trelawney, »und jetzt hat die Mannschaft nur noch eines im Sinn: den Schatz des alten Flint!«

Lord Trelawneys Protest war zwecklos. Wir alle wußten, daß er noch nie ein Geheimnis hatte für sich behalten können.

Trotz aller Befürchtungen verlief die Reise reibungslos. Die Hispaniola war ein gutes Segelschiff, und die Besatzung gab ihr Bestes. Silver war als einfacher Schiffskoch angeheuert, aber die Leute, die er ausgesucht hatte, gehorchten ihm, als sei er der Kapitän. Ich hörte sie oft zusammen ein Seemannslied anstimmen, das schon Kapitän Bill im Rausch gern zum besten gegeben hatte:

Fünfzehn Mann auf des
toten Manns Kiste,
Leinen los und 'ne Buddel
voll Rum.
Der Teufel bezahlt für alle
die Zeche,
Leinen los und 'ne Buddel
voll Rum...

Dieses schreckliche Trinklied hatte ich nicht vergessen, und wenn dann noch Silvers Papagei fluchte und »Piaster« krächzte, fielen mir die Goldstücke in der Kiste von Kapitän Bill wieder ein.

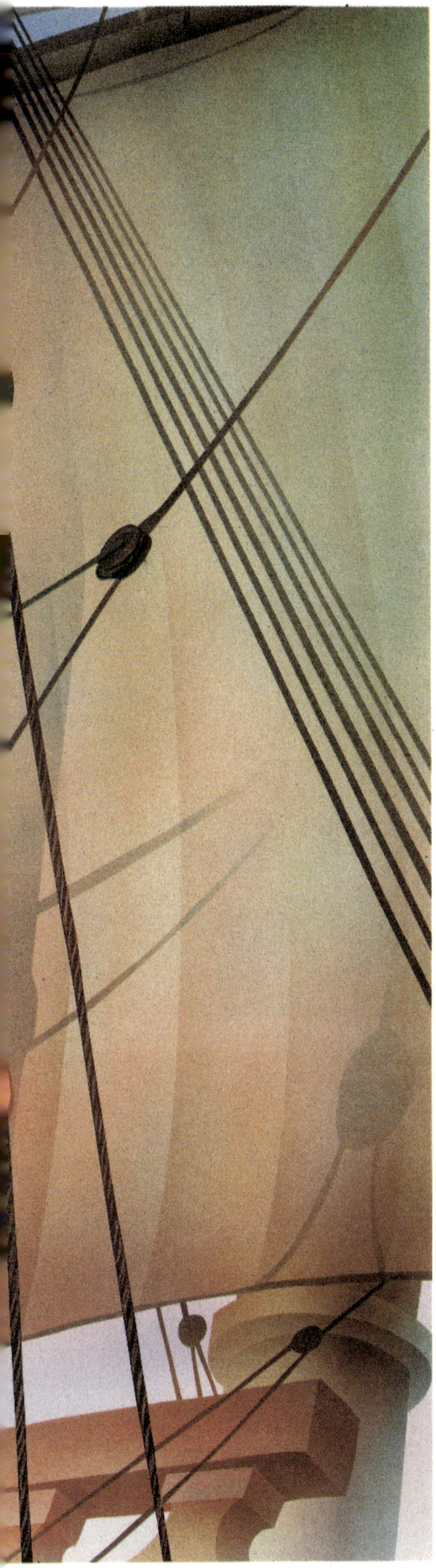

Wir näherten uns bereits der Schatzinsel, als ich eines Abends Lust auf einen Apfel hatte. Der Vorrat ging zur Neige, und ich mußte ganz tief ins Apfelfaß kriechen. Gerade als ich wieder herauskriechen wollte, lehnte sich jemand gegen das Faß, und ich hörte Silver mit einem der Leute ein sonderbares Gespräch führen.

»Ich habe fast die ganze Mannschaft auf meiner Seite. Der Plan ist folgender: Smollett und Trelawney den Schatz finden lassen, sie an Bord bringen, töten und das Schiff selbst übernehmen. Wir sind in der Überzahl, es kann nichts schiefgehen, und so einen Schatz läßt man sich doch nicht entgehen, oder?«

Der Seemann zögerte, und ich wurde ganz klein vor Angst. Endlich gingen sie fort, und ich konnte mein Versteck verlassen, da rief es von dem Ausguck: »Land in Sicht!« Vor uns lag die Schatzinsel!

Das Schiff ging in einer kleinen Bucht am Südufer der Insel vor Anker. Gleich danach berichtete ich dem Doktor, Kapitän Smollett und Lord Trelawney von dem belauschten Komplott. Die Schwatzhaftigkeit des Gutsherrn hatte einen Haufen Gauner unter Führung von Silver angelockt, die nur darauf brannten, zu meutern, sobald der Schatz gefunden war. Wir waren in einer schwierigen Lage. Unser einziger Vorteil bestand darin, daß wir die üblen Pläne der Meuterer kannten. Wir beschlossen, so zu tun, als sei nichts geschehen, um die Bande nicht mißtrauisch zu machen.

Am nächsten Tag ruderte ein Teil der Besatzung mit Silver als Anführer an Land. Die anderen blieben mit Smollett, dem Doktor und Lord Trelawney an Bord. Auch ich hätte dort bleiben sollen, aber die Neugier war zu groß. So schlich ich mich heimlich in eines der Boote und gelangte unbemerkt an Land.

DRITTES KAPITEL

Der Mann von der Insel

Sofort begann ich, die Insel zu erkunden. Sie war recht groß und offenbar unbewohnt. Ich glaubte mich auf meinem Streifzug weit von Silver und seinen Leuten entfernt, als sie unvermutet am Strand auftauchten. Sie umringten einen Matrosen, der sich weigerte bei der Meuterei mitzumachen. Er wurde von Silver und seinen Männern beschimpft und bedroht. Einer hatte nicht mitmachen wollen, also stand offensichtlich nicht die ganze Besatzung hinter Silver. Das mußte ich unbedingt dem Doktor, Smollett und Lord Trelawney berichten. Aber die Boote waren in den Händen der Aufrührer. Wie sollte ich nur an Bord kommen? Voller Angst vor Silver und seiner Bande lief ich davon.

Ich lief immer noch, als plötzlich hinter einem Hügel ein völlig zerlumpter Mann mit langem Bart auftauchte. Erschrocken wich ich zurück. Er aber warf sich vor meine Füße.

»Hab keine Angst! Ich bin Ben Gunn. Meine Schiffskameraden haben mich vor drei Jahren auf der Insel zurückgelassen. Rette mich, und ich mache dich reich!«

Ich dachte, die Einsamkeit hätte ihm den Verstand getrübt, und erklärte ihm meine Lage. Als ich Long John Silver erwähnte, rief er aus: »Silver, den kenne ich! Er war Schiffsjunge bei Flint! Sag' ihm bloß nicht, daß ich hier bin!«

Er zitterte vor Angst und wollte sofort an Bord und mit Lord Trelawney reden.

»Ich habe ein kleines Boot gebaut. Es liegt gut versteckt am Ufer. Damit können wir zur Hispaniola rudern. »Das gab mir unerwartet die Möglichkeit, zurück an Bord zu gelangen. Also folgte ich Ben Gunn.

Wir waren fast beim Bootsversteck angelangt, als ein Kanonenschuß ertönte. Was war das? Warum beschoß die Hispaniola die Insel? Was war an Bord geschehen? Dem Kanonenschuß folgten Gewehrsalven. Wir schauten uns um, und ich entdeckte ein Blockhaus, von dessen Dach die britische Fahne wehte. Hatten sich dort etwa Silvers Leute verschanzt?

»Keine Angst, Jim«, sagte Ben Gunn. »John Silver hätte gewiß die Piratenflagge gehißt. In Flints Blockhaus findest du bestimmt deine Freunde. Geh zu ihnen, das Haus ist gut befestigt; dort bist du erst einmal sicher. Ja, Flint hat an alles gedacht. Er hat sogar die sechs Leute, die ihm damals halfen, den Schatz zu vergraben, getötet, damit sie nichts verraten konnten.«

Ein zweiter Kanonenschuß ertönte.

»Wenn Lord Trelawney mich sprechen will, findet er mich am Bachufer«, rief Ben Gunn und verschwand. Ich kletterte mit flauem Gefühl über den Zaun.

Im Blockhaus stieß ich auf Smollett, Lord Trelawney, den Zimmermann Gray und zwei treue Matrosen. »Was ist passiert?« platzte ich heraus.

»Ich habe auf eigene Faust die Insel erkundet und dabei das Blockhaus entdeckt«, antwortete der Doktor. »Kaum war ich wieder an Bord, brach die Meuterei aus. Wir waren zu wenige, um Widerstand zu leisten. Während Smollett und Lord Trelawney die Meute in Schach hielten, belud ich in aller Hast ein Boot mit Proviant und Munition. Dann sind wir alle ins Boot gesprungen, zur Insel gerudert und haben uns hier verschanzt. Die Kanone ist aber in Händen der Meuterer. Sie beschießen uns, haben aber bislang noch nicht getroffen. Jetzt fürchten wir, daß Silver uns mit seinen Leuten vom Land aus angreift.«

VIERTES KAPITEL

Das Blockhaus

Unsere Lage war keineswegs vortrefflich. Das Blockhaus war zwar stabil, der Zaun hoch und schwer zu überwinden, aber wir waren umzingelt von Feinden. Wie lange konnten wir ihnen Widerstand leisten? Zudem war das Schiff in ihren Händen! Ich erzählte dem Doktor auch von dem seltsamen Ben Gunn.

Am nächsten Morgen stand Silver mit einer weißen Fahne in der Hand vor dem Haus. Er wollte uns einen Handel vorschlagen: Unter der Bedingung, daß wir ihm die Schatzkarte gäben, sollten wir die Insel unversehrt verlassen können. »Wir verhandeln nicht mit Meuterern!« rief Kapitän Smollett dem Einbeinigen zu. Silver trat unter fürchterlichen Flüchen den Abzug an und drohte: »In einer Stunde mache ich aus eurem Blockhaus Kleinholz!«

Kurz darauf hörten wir Schreie und sahen eine Horde Piraten aus dem Wald auf uns zustürmen. Der Angriff begann mit Schüssen von allen Seiten. Dann versuchten die Meuterer, den Zaun zu überwinden und ins Blockhaus einzudringen. Wir wehrten uns verbissen, und dank Kapitän Smollett, der als einziger den Überblick behalten hatte, gelang es uns, die Piraten fürs erste in die Flucht zu schlagen.

Gegen Mittag verließ der Doktor mit der Karte und zwei Pistolen das Blockhaus. Wohin er nur wollte? Heimlich beschloß ich, es ihm gleich zu tun, steckte eine Pistole ein und machte mich davon. Ich hatte eine Idee, aber dafür brauchte ich Ben Gunns Boot.

Das Boot war aus einem Baumstamm geschnitzt und winzig klein. Ich schob es ins Wasser, setzte mich hinein und steuerte mühsam die Hispaniola an. Es wurde bereits dunkel, und das kleine Boot ließ sich nur schwer manövrieren.

Endlich war ich am Schiff und konnte meinen Plan in die Tat umsetzen: Ich wollte die Leinen kappen, die Hispaniola treiben und am Strand auf Grund laufen lassen. Dadurch würde die Flucht der Meuterer verhindert. Mit meinem Messer säbelte ich eine Leine nach der anderen durch. Das Schiff trieb ab, aber nicht in Richtung Insel! Es trieb dem offenen Meer zu! Die Wellen schlugen höher und höher, und mein kleines Boot drohte am Schiffsrumpf zu zerschellen. Ich konnte mich gerade noch an Bord retten.

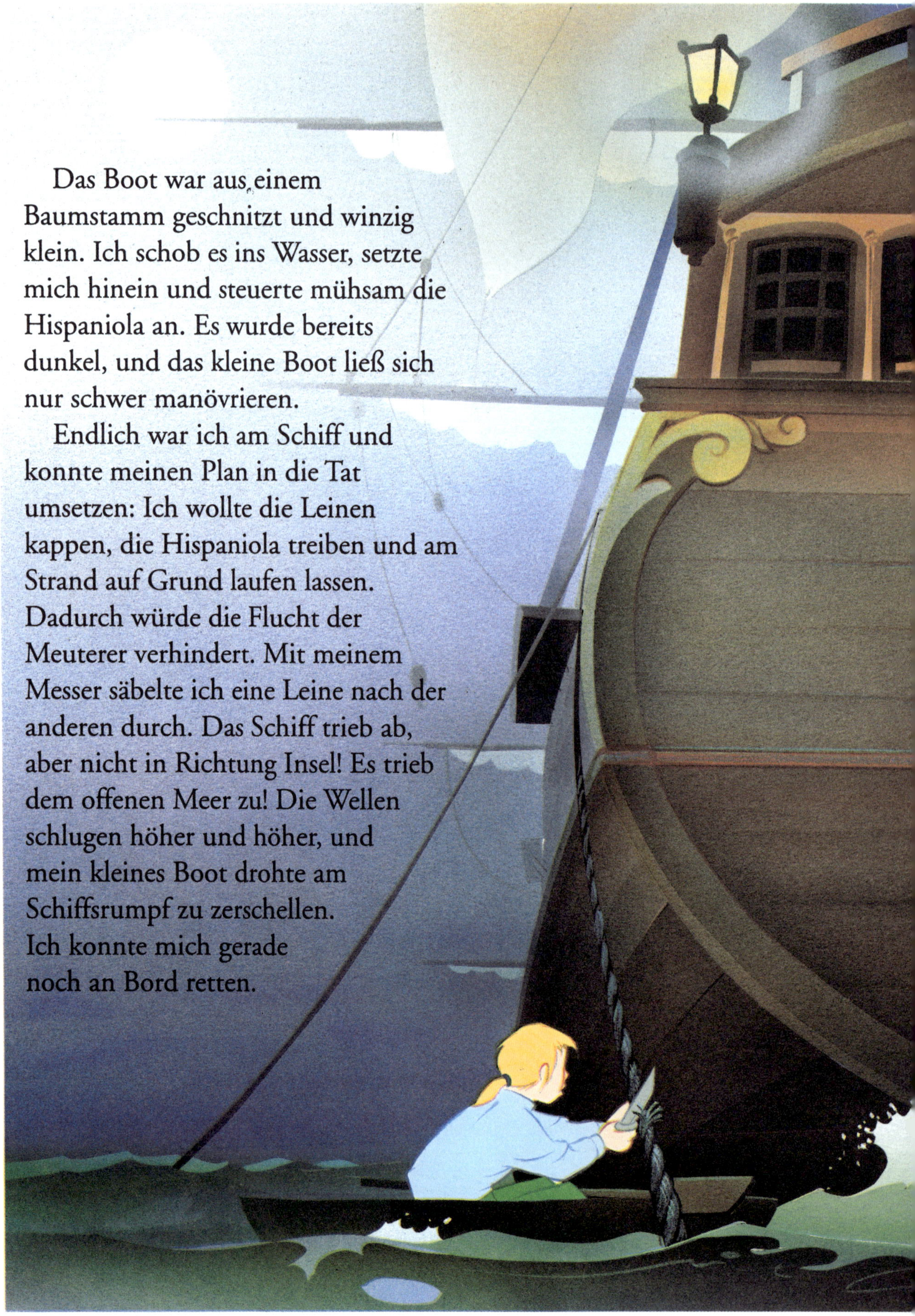

FÜNFTES KAPITEL

Piaster

Was ich an Bord sah, machte mir angst: Das Schiff war komplett geplündert, und die beiden Matrosen lagen ausgestreckt am Boden. Ich dachte, sie seien betrunken, und ging zu ihnen hin. In Wirklichkeit hatten sie gegeneinander gekämpft. Der eine war tot, und der andere – er hieß Israel Hands – hatte eine tiefe Wunde am Schenkel. Ich gab ihm einen Schluck Rum, dadurch kam er schnell wieder zu sich. Ich erklärte ihm, daß ich das Schiff an der Nordküste der Insel auf Grund setzen wollte.

»Ohne mich schaffst du das nie!« entgegnete er. »Ich erkläre dir, was du tun mußt, und du versorgst mich dafür. Ich kann mich nämlich nicht bewegen.« Das schien mir in Anbetracht seiner Verletzung auch so. Ich nahm also seinen Vorschlag an.

Mit Hands Hilfe glaubte ich, meinen Plan ausführen zu können. Aber er schaute mich oft mit einem seltsamen Ausdruck von der Seite an, der mich verunsicherte. Ich hatte jedoch keine andere Wahl: Ich mußte ihm vertrauen, allein würde ich es niemals schaffen.

Hands entpuppte sich als guter Lotse, und es gelang mir, die Hispaniola an die Nordküste zu manövrieren. Schwierig war jetzt nur noch, sie auf Grund zu setzen. Ich hielt das Ruder konzentriert in Händen, als ich etwas in meinem Rücken spürte. Ich drehte mich blitzschnell um und sah Hands hinter mir stehen. Er hatte einen Dolch in der Hand!

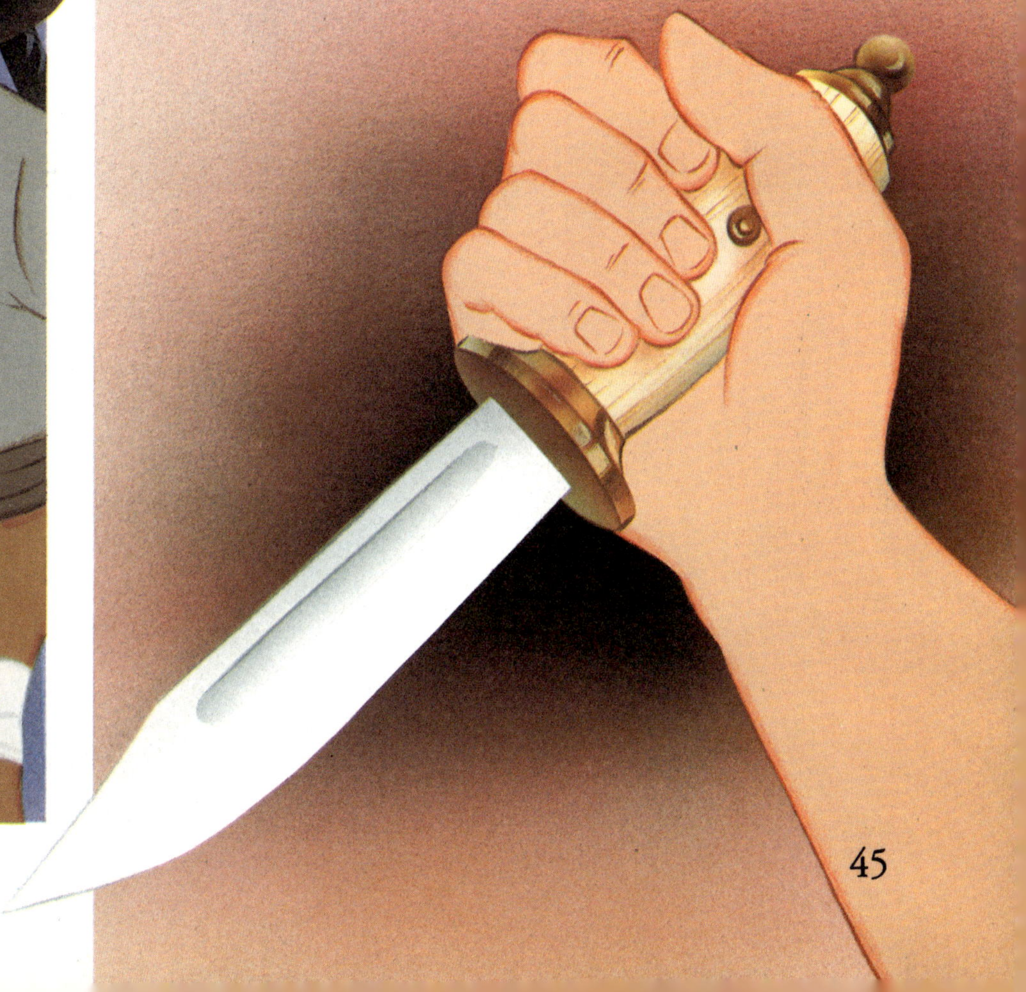

Ich ließ das Ruder los, das sogleich voll gegen Hands Brust schlug. Mit einem Satz sprang ich hinter den Hauptmast, zog meine Pistole und schoß. Der Schuß ging aber nicht los – das Pulver war naß geworden!

Trotz seiner Verletzung lief Hands auf mich zu. Da saß das Schiff aber schon auf und legte sich auf eine Seite. Wir verloren das Gleichgewicht und fielen zu Boden. Ich war als erster wieder auf den Beinen, kletterte in die Takelage und lud meine Pistole nach. Da warf Hands seinen Dolch nach mir. Meine Schulter wurde am Mast festgenagelt!

Vor Schmerzen ließ ich die Pistole fallen. Zwei Schüsse gingen los und trafen Hands, der tot ins Wasser fiel.

Glücklicherweise konnte ich den Dolch herausziehen. Dann ließ ich mich an einem Tau über Bord und watete ans Ufer. Ich marschierte in Richtung Blockhaus und glaubte mich schon fast in Sicherheit, als ich mich plötzlich von den Piraten umzingelt sah. Sie packten mich und schleppten mich ins Blockhaus, das jetzt ihr Hauptquartier war. Wo waren meine Freunde geblieben? Vor Angst und Sorge fühlte ich mich ganz schwach, und als ich den Papagei mit heiserer Stimme »Piaster, Piaster« krächzen hörte, lief mir ein Schauer über den Rücken.

SECHSTES KAPITEL

Die Schatzsuche

»Da bist du ja, Jim. Deine Freunde haben dich schon vermißt«, begrüßte mich Silver, der über der Schatzkarte saß. Sie lebten also noch! Ein Stein fiel mir vom Herzen! Aber warum hatten sie das Blockhaus den Meuterern überlassen? Und warum die Karte? Silver erklärte es mir grinsend: »Das Schiff liegt nicht mehr vor Anker, das heißt, niemand kann die Insel verlassen. Da haben der Doktor und ich einen Handel geschlossen: Er überläßt uns das Blockhaus mit allen Vorräten und die Schatzkarte, und wir greifen die drei, Trelawney, Smollett und den Doktor, nicht mehr an. Der Doktor kümmert sich außerdem um unsere Verwundeten. Du kannst mit ihm sprechen, wenn er kommt, aber du mußt mir versprechen nicht wegzulaufen.«

Der Doktor kam wie versprochen und unter vier Augen erzählte ich ihm von meinem Abenteuer auf der Hispaniola. Es erleichterte ihn sehr, daß das Schiff nun vor den Meuterern in Sicherheit war. Dann forderte er mich auf, mit ihm fortzugehen.

Diesen Wunsch konnte ich leider nicht erfüllen, weil ich Silver mein Wort gegeben hatte. Am nächsten Tag ging es auf Schatzsuche. Die Piraten waren sehr ausgelassen. Ihr Lachen verstummte allerdings jäh, als wir ein Skelett entdeckten, das in Richtung des Schatzes zu deuten schien.

Noch starr vor Schreck vernahmen wir aus der Ferne einen schauerlichen Gesang: »Fünfzehn Mann auf des toten Manns Kiste...« Es war Flints Lied, und die Piraten riefen entsetzt: »Das ist der Geist des Alten! Wir gehen keinen Schritt weiter!« Erst als der Gesang verstummte, konnte Silver sie zum Weitergehen bewegen.

Wir gingen weiter, aber der Wagemut der Piraten war gesunken: Der Anblick des Skeletts und der schaurige Gesang hatten sie zutiefst erschreckt.

Als wir an der markierten Stelle ankamen, sahen wir zu unserer großen Enttäuschung nur eine leere Holzkiste. Von Gold weit und breit keine Spur! Die Männer waren voller Wut auf Silver und auf mich, dabei konnte ich doch am wenigsten dafür! Sie kamen mit Messern auf uns zu. Da schlug sich Silver auf meine Seite, gab mir eine Pistole und schoß auf seine eigenen Leute. Plötzlich fielen noch andere Schüsse: jemand kam uns zu Hilfe! Die Meuterer ergriffen die Flucht, nur Silver blieb zurück und schloß sich uns an. Er hatte mir soeben das Leben gerettet.

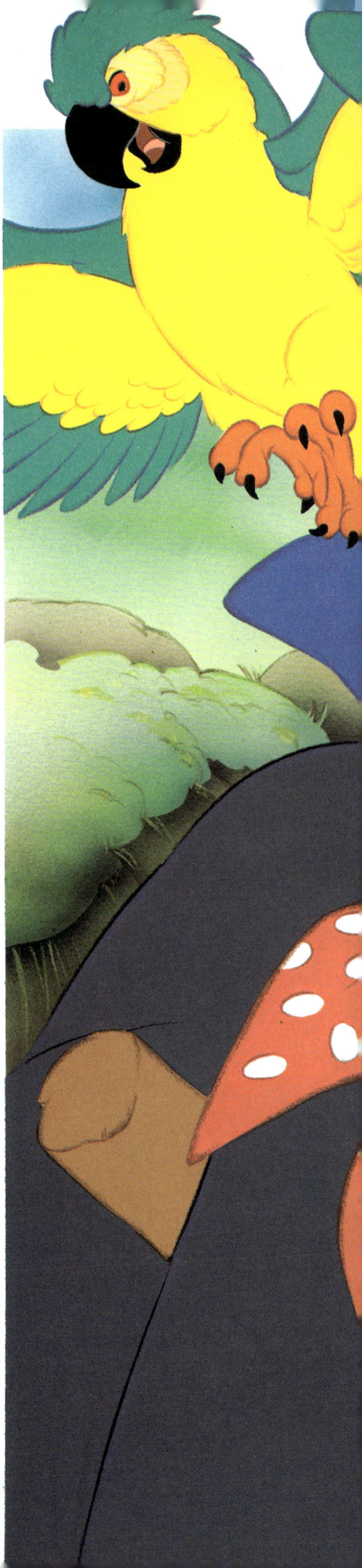

Zum Dank dafür nahm ihn der Doktor vor Lord Trelawney und Smollett in Schutz, als wir zu ihnen stießen. Sie saßen in Ben Gunns Höhle inmitten von lauter Goldstücken. Das also war Flints Schatz! Ben Gunn war vor einiger Zeit zufällig auf ihn gestoßen. Der Doktor mußte das geahnt haben. Er hatte Ben Gunn dazu gebracht, seinen Fund zuzugeben. Jetzt verstand ich auch, warum der Doktor Silver die Karte überlassen hatte.

Und das Lied, das uns dermaßen erschreckt hatte, konnte auch nur einer gesungen haben: Ben Gunn!

Wir brauchten mehrere Tage, um Flints Schatz auf die wieder flottgemachte Hispaniola zu schaffen. Wir waren einfach zu wenig Leute für soviel Gold! Als wir endlich in See stechen konnten, ließen wir die Meuterer auf der Insel zurück, nahmen aber Ben und Silver mit. Auf der Rückfahrt mußten wir alle hart arbeiten, denn wir waren eine kümmerliche Besatzung für so ein großes Schiff. Der Doktor beauftragte Silver damit, den Küchendienst zu übernehmen.

In einem Hafen nutzte der Einbeinige dann die Möglichkeit zur Flucht. Einen Sack voll Gold nahm er dabei mit. Seither haben wir nie wieder von ihm gehört.

Nach unserer Landung in England teilten wir den Schatz redlich untereinander auf. Jeder von uns war nun ein reicher Mann und konnte mit seinem Anteil tun, was ihm gefiel.

Dieses Abenteuer gehört nun längst der Vergangenheit an, aber die furchtbaren Erlebnisse auf der Schatzinsel habe ich bis heute nicht vergessen. Noch manche Nacht höre ich den Papagei mit heiserer Stimme krächzen: »Piaster, Piaster.«